MARIUS HORN MOLAUG

ILLUSTRIERT VON KRISTOFFER KJØLBERG

# DER SCHRECKLICHSTE LEHRER DER WELT

Aus dem Norwegischen von Knut Krüger

Schneiderbuch
EGMONT

DIE SCHRECKLICHSTEN BÜCHER DER WELT

Band 1: Der schrecklichste Lehrer der Welt
Band 2: Die schrecklichsten Ferien überhaupt

Weitere schreckliche Bücher von Marius Horn Molaug und Kristoffer Kjølberg sind bei Schneiderbuch in Vorbereitung.

Diese Übersetzung wurde mit Unterstützung
von NORLA – Norwegian Literature Abroad – veröffentlicht.

2. Auflage

verlegt durch EGMONT Verlagsgesellschaften mbH,
Gertrudenstraße 30–36, 50667 Köln

Die norwegische Originalausgabe erschien 2014 unter dem Titel
»Verdens verste rektor« bei Gyldendal Norsk Forlag AS, Oslo, Norwegen.

Übersetzung aus dem Norwegischen: Knut Krüger
Umschlagillustration und Innenillustrationen: Kristoffer Kjølberg
Umschlaggestaltung: Timo Grubing
unter Verwendungen von Motiven von Kristoffer Kjølberg
Satz: Achim Münster, Overath
Printed in Germany (671575)
ISBN 978-3-505-13874-4
www.schneiderbuch.de

MIX
Papier
FSC FSC® C014496

Die Egmont Verlagsgesellschaften gehören als Teil der Egmont-Gruppe zur **Egmont Foundation** – einer gemeinnützigen Stiftung, deren Ziel es ist, die sozialen, kulturellen und gesundheitlichen Lebensumstände von Kindern und Jugendlichen zu verbessern.

Weitere ausführliche Informationen zur EGMONT Foundation unter **www.egmont.com**

Für Jonatan

# KAPITEL 1

Ich musste ständig seine Warzen anstarren. Fette, schrumpelige Rosinenwarzen mit Haaren drauf. Die sahen so giftig aus wie die Warzen einer Kröte.

REKTOR = KRÖTE

Die ganze Klasse war in der Turnhalle. Letzte Sportstunde vor dem Schulschwimmtag. Wir übten Rettungsschwimmen auf dem Trockenen, und der Rektor hatte einen nackten Oberkörper, damit alles so realistisch wie möglich aussah.

»NÄCHSTE WOCHE IST SCHULSCHWIMMTAG. DANN WIRD'S ERNST. BEIM RETTUNGSSCHWIMMEN GEHT'S UM LEBEN UND TOD!«

Der Rektor kraulte auf dem Boden wie ein Verrückter und schrie, dass seine Warzenhaare nur so zitterten.

Plötzlich zeigte er auf mich.

»Das gilt auch für dich, R-U-B-E-N B-E-R-G! Mach mal den Rettungsgriff bei mir. LOS, JUNGE! ZEIG MIR, WIE DER RETTUNGSGRIFF GEHT!«

Ich war wie gelähmt und starrte voller Ekel auf seinen mit Warzen gesprenkelten Oberkörper.

Nach drei Sekunden platzte dem Rektor der Kragen. Zwei eiskalte Hände schlossen sich um meinen Hals und drückten mich mit dem berühmten Rettungsgriff an die Wand.

»WAS IST DARAN SO SCHWER? ALLE müssen den Rettungsgriff können. Alle müssen das SCHWIMMABZEICHEN machen! Sonst …«

Der Rektor ließ mich los, und ich knallte auf die Fliesen.

KLATSCH!

Ich hasse den Rektor. Ich hasse Warzen, und ich hasse alles, was eklig ist. Außerdem hasse ich Wasser und bin ziemlich sicher, dass das Wasser auch mich hasst. Ich sinke sofort auf den Boden. Selbst ein Ziegelstein schwimmt besser.

In 6 Tagen, 23 Stunden, 14 Minuten und 23 Sekunden ist also SCHULSCHWIMMTAG, bald bekannt als REKTOR-ERTRÄNKT-RUBEN-TAG.

Darum habe ich mein Testament geschrieben. In meiner Situation bestimmt eine gute Idee.

# TESTAMENT VON RUBEN BERG

MEIN GESAMTES VERMÖGEN VON 28 EURO und 30 CENT KRIEGT MEIN FREUND KENT. ANMERKUNG: ES SOLL BITTE JEMAND AUFPASSEN, DASS ER NICHT ALLES FÜR HORRORFILME AUSGIBT. MEIN ZIMMER KANN SIRI HABEN. MEIN LETZTER WUNSCH: ICH HÄTTE GERN MEINE NACHTTISCHLAMPE MIT IM SARG. (VERLÄNGERUNGSKABEL NICHT VERGESSEN.) DANKE FÜR ALLES, MEINE WENIGEN JAHRE WAREN EIGENTLICH GANZ NETT.

Ruben

PS: DER REKTOR BRAUCHT NICHT ZUR BEERDIGUNG ZU KOMMEN. MEINE SCHWIMMFLÜGEL KÖNNEN VERBRANNT WERDEN, FALLS MAN DIESE ART VON PLASTIK VERBRENNEN DARF. SONST EINFACH IN DIE TONNE FÜR PLASTIKMÜLL WERFEN.

Okay. Manche glauben bestimmt, dass ich übertreibe. Dass ich total hysterisch bin. Ab und zu bin ich das auch. ABER NICHT DIESMAL. Diesmal ist es ERNST.

»Wir brauchen einen Plan, Ruben.«

Mein Freund Kent begutachtete die roten Striemen an meinem Hals, die vom Rettungsgriff des Rektors stammten.

»Einen Schulschwimmtagvermeidungsplan. Einen ANTI-SCHWIMMPLAN!«, fuhr Kent fort.

Ich nickte.

Auch Kent ist kein großer Schwimmer, obwohl er nicht genauso traurig und lautlos auf den Grund sinkt wie ich. Er ist mehr der Schaut-mal-wie-toll-ich-mich-über-Wasser-halten-kann-Typ. Dabei strampelt er wie ein verrückt gewordener Tintenfisch.

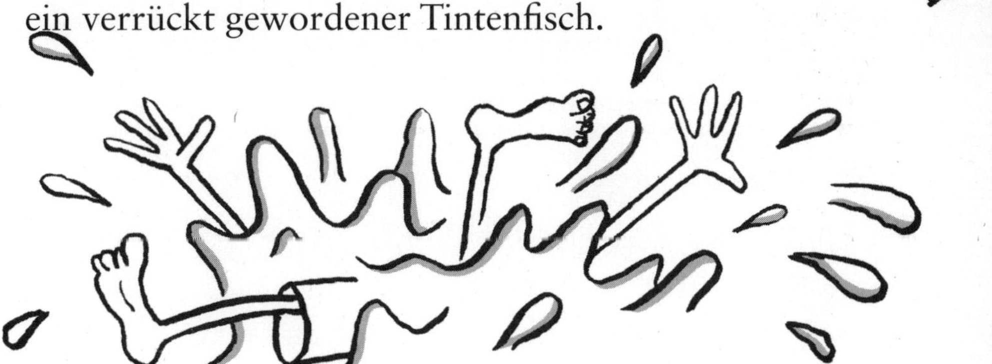

Wir sind also beide fast gleich untalentiert, aber Kent ist so was egal.

Er ist fast immer gut gelaunt, vor allem wenn er raffinierte und geheime Pläne schmieden darf. Und diesmal war er Feuer und Flamme.

Wir wollten uns nach dem Schachklub bei mir treffen. Ich spiele einmal die Woche Schach, weil ich Sportarten bevorzuge, bei denen man sich fast gar nicht bewegen muss.

Kent, der ständig in Bewegung ist, saß schon auf meinem Sofa, als ich nach Hause kam. Er hatte sich irgendwie an Türsteher Mama vorbeigeschmuggelt und sprudelte vor Begeisterung fast über.

»Ich hab's! Ich hab's! Können wir die ganze Schule nicht einfach in die Luft sprengen? Dann gäbe es auch nie wieder einen Schulschwimmtag!«, brabbelte er los.

Ich argumentierte seufzend, dass dann viel zu viel Blut fließen würde.

Aber Kent kapierte nicht, dass ZU VIEL BLUT ein Gegenargument sein sollte.

»Ohne Blutvergießen gewinnt man keinen Krieg«, stellte er nüchtern fest.

Kent hatte noch mehr bekloppte Vorschläge auf Lager: »Dann flüchten wir eben ins Ausland!«

»Oder wir verkriechen uns unter der Erde!«

»Oder wir schmeißen ein paar elektrische Aale ins Wasser!«

»Das sind doch total kranke Ideen«, entgegnete ich.

»Dann mach doch einfach auf krank«, schlug Kent vor. Er warf sich auf den Boden, presste sich die Hände aufs Herz und tat so, als hätte er grässliche Schmerzen.

Kent hatte recht. Das mit der Pest war vielleicht etwas kompliziert, wenn man keine Zeitmaschine hatte. Aber ich konnte ja ganz normal krank werden.

Gerade krank genug, um gemütlich in einem warmen Bett zu liegen, während die anderen im Chlor- und Warzenwasser ertranken …

Nachdem Kent weg war, blieb ich sitzen und betrachtete mich im Spiegel. Irgendwo versteckt war da ein kleines Lächeln.

# KAPITEL 2

Der Schulschwimmtag ist eine jährliche Begebenheit. Jedes Jahr müssen haufenweise Fünftklässler jede Menge Chlorwasser schlucken und hilflos im Becken rumplanschen, um das Schwimmabzeichen zu bekommen.

Der Rektor sagt, das wäre OBLIGATORISCH. Was bedeutet, dass ALLE DAS SCHWIMMABZEICHEN MACHEN MÜSSEN, OB SIE WOLLEN ODER NICHT.

Aber ich habe nicht mal ansatzweise eine klitzekleine Chance, das möglicherweise zu schaffen.
Ich brauche eine Schwimmhilfe in XXL, um nicht abzusaufen.

Das ist übrigens das beknackte Schwimmabzeichen.

Wer das kriegen will, muss drei nutzlose Sachen können:

1. Tauchen und einen Gegenstand vom Beckengrund raufholen.

2. 25 Meter weit schwimmen, ohne zu schummeln. (Man darf also nicht wie Jesus übers Wasser laufen oder einen Motor benutzen.)

3. Den Rektor (den einzigen Schwimmlehrer der Schule) vor dem Ertrinken retten.

DEN REKTOR RETTEN. Ich darf also nicht mal allein ertrinken, sondern muss meinen Warzenlehrer mit runterziehen.

Es wäre natürlich ganz okay, den Rektor ein für alle Mal loszuwerden, aber doch nicht so! Nicht, wenn ich dabei Warzen anfassen UND sterben muss.

Die Rektorrettung fängt damit an, dass sich alle am Beckenrand aufstellen. Da stehen wir dann und bibbern und warten, bis wir dran sind, während der Rektor so tut, als würde er absaufen.

Der Rektor wälzt sich im Wasser auf den Rücken. Dann ruft er mit heiserer Stimme »Hilfe! Hilfe!« und strampelt dabei ein bisschen mit Armen und Beinen.

Das ist das Zeichen für den nächsten Kandidaten, sich sofort ins Wasser zu stürzen. Und vor allem: den Rektor RICHTIG zu retten. Also mit dem RICHTIGEN RETTUNGSGRIFF.

✔ RICHTIGER RETTUNGSGRIFF:

✗ FALSCHER RETTUNGSGRIFF 1:

✗ FALSCHER RETTUNGSGRIFF 2:

✗ FALSCHER RETTUNGSGRIFF 3:

Schon am nächsten Abend saßen Kent und ich in meinem Zimmer und fertigten eine Krankheitenliste an.

»Gar nicht so leicht«, sagte ich. »Wo sollen wir so eine Krankheit hernehmen? Wir können ja nicht einfach in den Laden gehen und eine kaufen.«

»Vielleicht gibt es ja eine perfekte Krankheit, die wir noch nicht kennen«, meinte Kent. Er verstellte seine Stimme und tat so, als würde er telefonieren: »Tut mir leid, aber mein Sohn Ruben leidet unter chronischer Rektoritis sowie einer beidseitigen Schwimmallergie mit Wasserpickeln am ganzen Körper. Leider wird er nie wieder die Schule besuchen können. Einen schönen Tag noch.«

Ich bekam einen Lachkrampf – das war ja schon mal was. Und als es Abend wurde, waren wir von dem ganzen Gerede über Krankheiten total erschöpft.

Aber wir hatten gute Arbeit geleistet. Wir hatten eine Krankheitenliste erstellt.

Es ging voran.

# LISTE MIT AKUTEN

| UNFALL/KRANKHEIT | VORTEILE |
| --- | --- |
| ARM GEBROCHEN | GIPS DAUERT LANGE. MAN KANN MIT GIPS NICHT SCHWIMMEN. SIEHT COOL AUS. HAT KENT SCHON MAL GEHABT. |
| ERKÄLTUNG | GANZ NORMALE KRANKHEIT. HATTE IC SCHON MAL. NICHT SEHR GEFÄHRLICH. |
| MITTELOHR-ENTZÜNDUNG | NICHTS BESONDERES. |
| HEXENSCHUSS | HÖRT SICH LUSTIG AN. |
| SCHLAFKRANKHEIT | WIE EIN SECHSER IM LOTTO. ICH LIEBE ES ZU SCHLAFEN. |
| OBERSCHENKEL-HALSBRUCH | HÖRT SICH ZIEMLICH ERNST AN. |
| BRONCHITIS | MAN KRIEGT GARANTIERT FREI, WEIL NIEMAND LUST HAT, SICH DA STÄNDIGE HUSTEN ANZUHÖREN. |
| VOGELGRIPPE | MAN KOMMT VIELLEICHT IN DIE NACHRICHTEN UND WIRD EIN PRC |

KRANKHEITEN

| NACHTEILE |
|---|
| KANN ETWAS WEHTUN. |
| KANN ETWAS WEHTUN. KANN MIT EINFACHEM SCHNUPFEN VERWECHSELT WERDEN, DER SCHNELL WIEDER WEGGEHT. |
| TUT TIERISCH WEH. HATTE ICH SCHON MAL. MAMA MUSSTE DIE GANZE NACHT MEINE HAND HALTEN. |
| WIR KENNEN KEINE HEXEN, ABGESEHEN VON FRAU KOLLESEN IM DRITTEN STOCK. |
| HAB ICH WAHRSCHEINLICH SCHON, STÖRT ABER NIEMANDEN. |
| BIN NICHT SICHER, WO DER OBERSCHENKEL-HALS IST. AM OBERSCHENKEL ODER AM HALS? MAMA SAGT, DASS SICH DEN NUR ALTE LEUTE BRECHEN. |
| HÖRT SICH IRGENDWIE NICHT GUT AN. KÖNNEN KINDER SO WAS KRIEGEN? |
| MAN KOMMT VIELLEICHT IN DIE NACHRICH-TEN UND WIRD EIN TOTER PROMI. |

# KAPITEL 3

Noch 4 Tage, 18 Stunden und 16 Minuten bis zum Schulschwimmtag. Auf dem Heimweg von der Schule einigten wir uns darauf, dass ich mir den Arm breche.

»Ist wohl das Sicherste«, sagte Kent. »Ein normaler Armbruch dauert über einen Monat. Da kannst du garantiert lange Zeit nicht schwimmen. Außerdem ist ein Gips cool. Da können die anderen witzige Sprüche draufschreiben und so!«

Er sprach aus Erfahrung.

Ich weiß noch, wie Kent in der dritten Klasse mit einem Gips zur Schule kam, nachdem er ausprobiert hatte, ob man mit einem Skatebord auch fliegen kann.

Als Erstes hat er gleich mal einen großen Pimmel draufgemalt. Und den konnten die Lehrer ja nicht einfach mit dem Schwamm wieder abwischen. Man darf sowieso kein Wasser benutzen, weil der Gips sonst kaputtgeht. Darum haben die Lehrer mit allen möglichen Tricks versucht, Kents Riesenpimmel vor den anderen Schülern zu verbergen. Manchmal musste sogar der Hausmeister Gipswache stehen.

Oder Kent musste seinen Arm aus dem Fenster halten.

Manche Lehrer haben versucht, im Dunkeln zu unterrichten.

Schließlich wurde die ganze Klasse dazu verdonnert, Gipsstrümpfe zu stricken, die Kent über den Gips ziehen sollte. Allerdings strickten wir so langsam, dass Kent wieder gesund war, ehe auch nur ein Strumpf halbwegs fertig war.

Da ich selbst nie was Gefährliches mache, hatte ich auch noch nie einen Gips. Das einzige Bein, das ich mal gebrochen hatte, war ein Stuhlbein, weil ich während einer langweiligen Schachpartie mit dem Stuhl gekippelt habe. Die Partie musste abgebrochen werden, weil die Figuren in alle Richtungen flogen und hinterher niemand wusste, wo sie gestanden hatten. Das war der dramatischste Augenblick meines Lebens.

Kent und ich finden beide, dass ein eingegipster Arm vollkommen ausreicht.

»Es ist wichtig, dass der Gips nicht zu groß ist, wie bei Ronald aus der 3B«, sagte Kent.

Am Anfang war Ronald nur froh, noch am Leben zu sein. Aber nach und nach wurde ihm klar, dass ein Leben mit Gips gewisse Risiken birgt. Die Kinder in der Schule fingen an, den Gips mit Bildern und Sprüchen zu verzieren. Und irgendwann hatte Ronald überhaupt keinen Überblick mehr, was da alles draufstand.

Schließlich war der Gips so mit hässlichen Bildern und fiesen Sprüchen übersät, dass der Rektor ihn in seinem Büro verstecken musste. Mit Ronald darin.

»Armer Ronald«, sagte Kent. »Nach der Zeit beim Rektor ist er nie wieder der Alte geworden.«

# KAPITEL 4

Die Tür ist so riesig, dass man sie fast nicht öffnen kann. Wenn du aus irgendeinem Grund da rein musst, stellst du dich am besten davor und wartest. Und wartest. Man weiß nie, wie lange man warten muss. Der Rektor kommt, wann er will. Kent sagt, das kann von 5 Sekunden bis zu 5 Stunden dauern. Er ist einer der wenigen, die schon mal da drin waren und lebend wieder rauskamen. Er weiß also, wovon er spricht.

Wenn sich die Tür plötzlich öffnet, dann so hart und so schnell, dass man wie eine Fliege an der Windschutzscheibe eines Autos zerquetscht wird, sagt Kent immer.

An der Wand neben dem Büro des Rektors kann man die Überreste früherer Schüler sehen, die zerquetscht wurden.

Es gibt viele Dinge, die wir über den Rektor nicht wissen. Aber ich weiß, dass er sein ganzes Leben lang Rektor war. Vor ihm war sein Vater Rektor, davor sein Großvater und immer so weiter bis in die Steinzeit.

In der Aula hängen Bilder, die an seine Vorfahren erinnern.

An den meisten Wänden hängen irgendwelche nichtssagenden Fotos ehemaliger Lehrer. Die Bilder der Vorfahren vom Rektor sind anders. Immer wenn ich in der Aula bin, sehe ich sie mir ganz genau an.

REKTOR
JUDASEN
(0-30)
REKTOR
WIKINGERSEN
(850-932)
REKTOR
PESTHEIMER
(1347-1351)
REKTOR
DRACULINSKI
(1431-?)

REKTOR FRANKENSTEIN (1717-1742)
REKTOR NAPOLEONSEN (1769-1821)
REKTOR SCHREIHALS (1863-1940)
REKTOR HITLERSEN (1940-1945)

Die Porträts hängen in einer langen Reihe, und eines ist unheimlicher als das andere.

Der Rektor scheint furchtbar schlechte Gene zu haben. Und es ist ALLZU VERSTÄNDLICH, dass sich die meisten Schüler vor Angst in die Hose machen, wenn sie ihn nur von Weitem sehen.

# KAPITEL 5

Ich habe jedenfalls solchen Schiss vor ihm, dass ich mir gerne den Arm breche, um ihm und seinem Schulschwimmtag zu entgehen.

Kent und ich saßen bei mir auf dem Sofa und schrieben an einer Armbrechliste. Es gibt sicher 10.000 Möglichkeiten, sich den Arm zu brechen. Doch woher soll man wissen, was die beste ist?

Also warfen wir einen Blick ins Internet.

»Hey, sieh dir das an!«, rief Kent begeistert. Anscheinend machte er das nicht zum ersten Mal.

»Du brauchst nur WIE BRECHE ICH MIR DEN ARM? zu googeln, und schon kriegst du jede Menge Tipps!«

Die Welt ist voller Leute, die keine Lust auf gesunde Arme haben. Schon bald hatten wir haufenweise Ideen und Tipps, wie man seinen Armen irgendeinen Schaden zufügt.

Ein Dachdecker aus Tansania empfahl folgende Methode:

Ein Australier stellte unter Beweis, dass Haie Arme zum Frühstück lieben.

Ein Typ mit weißem Bart, der angeblich vom Nordpol stammte, erzählte, wie er sich den Arm gebrochen habe, als er von einem Schlitten fiel.

Nachdem wir im Internet ganz viele Ideen von netten und etwas weniger netten Menschen gefunden hatten, einigten wir uns darauf, dass folgende Armbrechmethoden wohl die besten sind:

## ARMBRECHLISTE

1. LASS ETWAS GROSSES UND SCHWERES ÜBER DEINEN ARM FAHREN.
2. LASS EINEN FREUND MEHRMALS AUF DEINEM ARM AUF UND AB HÜPFEN.
3. LASS DICH NAHE AN EINEM ABGRUND VON EINEM HUNGRIGEN TIER JAGEN.
4. LASS DEINEN ARM MIT EINEM VORSCHLAGHAMMER BEKANNTSCHAFT MACHEN.
5. FALLE VOM DACH UND LANDE UNGESCHICKT.

»Das hört sich alles ziemlich schmerzhaft an«, sagte ich. »Es wäre besser, wenn ich vorher nicht wüsste, dass ich mir den Arm breche. Das ist wie beim Arzt, wenn man eine Spritze kriegt. Ich wette, es würde nicht so wehtun, wenn er plötzlich aus einem Schrank springen und die Nadel in mich reinhauen würde. Dann müsste ich vorher jedenfalls nicht so eine Angst haben.«

»Ich kann mich gerne im Schrank verstecken und auf deinen Arm springen, wenn du schläfst«, bot Kent an und grinste von einem Ohr zum anderen.

»Das weiß ich«, entgegnete ich. »Aber lass mal lieber.«

Der Gedanke an einen aus dem Kleiderschrank springenden Armbrecher war nicht sonderlich verlockend.

Dann springe ich lieber selbst. Von irgendwas Hohem. Hoffentlich geht der Aufprall so schnell, dass der Körper gar keine Zeit hat, Schmerz zu empfinden. Jetzt musste ich mir nur noch einen passenden Sprungort aussuchen.

## ARMBRECHLISTE II

FALL AUS GIGANTISCHER HÖHE

1. HOCHHAUS
2. KLEINER FELSEN
3. KLETTERBAUM
4. DAS GROSSE TRAMPOLIN OHNE SICHERHEITSNETZ

»Du solltest den Kletterbaum nehmen«, sagte Kent. »Ich hab schon viele runterfallen sehen, und die meisten haben sich den Arm gebrochen.«

»Nur den Arm oder auch den Hals?«, fragte ich.

Kent lachte. »Jetzt sei nicht so pessimistisch, Ruben. Vertrau mir. Davon versteh ich was.«

Aus irgendeinem Grund vertraute ich Kent, obwohl ich wusste, dass fast sein gesamtes Wissen aus Hollywoodfilmen stammte.

Schon am nächsten Tag standen wir unter einem geeigneten Baum.

Er war ganz schön hoch. Höher, als ich ihn in Erinnerung hatte. Oder war ich nur kleiner, als ich dachte?

Meine Hände waren schweißnass, während ich unbeholfen von Ast zu Ast kletterte. Ich fühlte mich wie der einzige Affe der Welt, der nicht klettern kann.

Schließlich hockte ich hoch oben auf einem dürren Ast. Ein kleiner nervöser Affe in einem riesigen Baum.

Aber das hier war kein Zoo. Das war die Wirklichkeit.

Es waren noch 3 Tage, 14 Stunden und 7 Minuten, bis ich sterben sollte. Doch irgendwie schien der Tod keine Lust zu haben, noch länger zu warten, und wollte mich gleich zu sich nehmen.

Der Wind pustete mir die Haare durcheinander, der Baum knirschte. Unter mir liefen immer mehr Kinder zusammen.

»LOS, SPRING SCHON!«, rief Kent, während die Kinder tuschelten.

»Du hast gut reden«, murmelte ich.

Je länger ich im Baum hockte, desto klarer wurde mir, dass das eine Schnapsidee war. Ich war doch nicht bekloppt. Ich sah förmlich vor mir, wie ich am Asphalt festklebte. Dachte an die Rettungsleute und Sanitäter. Wie würden sie auf ein zermatschtes Kind reagieren? Vielleicht haben sie ja Spezialwerkzeuge, um Kinder wie mich vom Asphalt zu kratzen. Oder benutzen die einfach Schaufel und Besen? Riesige Eiskratzer? Gigantische Pizzaschaufeln?

Die Pizza bei Pits Pizza (von uns nur Piss Pizza genannt) ist so eklig, dass Pit vielleicht wirklich zermatschte Kinder als Belag nimmt.

Mir wurde übel. Es war keine schöne Vorstellung, als Kinderfraß bei Piss Pizza zu enden. Ich musste ein bisschen runterklettern. Und noch ein Stückchen. Schließlich fasste ich mir ein Herz, schloss die Augen und sprang.

Aber wenn es nur ein Meter bis nach unten ist, bricht man sich gar nichts. Das ist gerade mal hoch genug, um ins Stolpern zu geraten, gegen den Baum zu prallen und sich einen Splitter einzufangen.

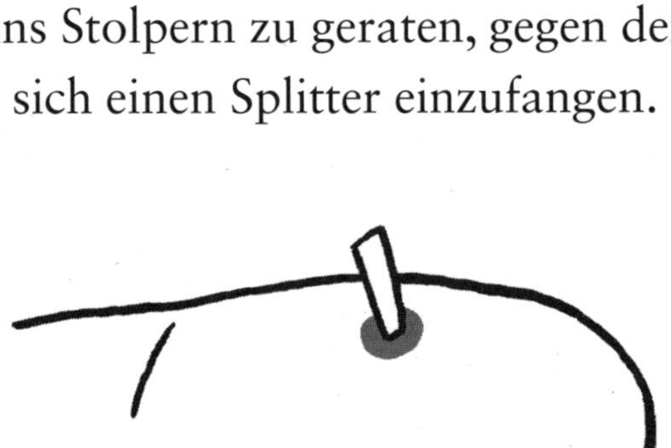

# KAPITEL 6

»Schade, dass der Splitter nicht zehnmal so groß ist«, sagte Kent, als er meinen Finger begutachtete. »Dann würdest du den Schulschwimmtag verpassen.«

Wenn ich genau darüber nachdachte, fand ich eigentlich, dass der Splitter groß genug war.

»Und wenn du den Splitter im Körper lässt, statt ihn rauszuziehen?« Kent erzählte, dass der Körper den Splitter in sich aufnimmt, wenn man ihn nicht rauszieht.

So ein Splitter kann einem wochenlang durch die Adern treiben. Wahrscheinlich merkt man nicht mal was davon. Falls man Pech hat. Denn irgendwann wird der Splitter gestoppt. Und wenn man richtig Pech hat, also Megapech de luxe, dann bleibt der Splitter im Herz stecken.

Was für eine grauenhafte Vorstellung.

Als ich nach Hause kam, unternahm Mama alles, um den Splitter rauszuziehen. Aber er saß zu tief. Papa versuchte gar nicht erst zu helfen. Er hasst alles, was mit Blut zu tun hat. Mama hat erzählt, dass sich die Hebammen bei meiner Geburt mehr um ihn als um sie kümmern mussten.

Ich hab Blut auch nicht so wahnsinnig gern. Oder Splitter im Herz. Deshalb bin ich am nächsten Tag zur Schulkrankenschwester gegangen.

Sie lächelte mich an und zog den Splitter mit einer Pinzette raus. »Ein Splitter ist nicht gefährlich, Ruben. Also mach's gut. Der nächste Patient wartet schon.«

Damit schob sie mich auf den Gang, während sie hinter meinem Rücken bereits weiterredete.

»Komm doch rein, Arthur. Ach, du Armer, deine Augen sind ja ganz rot.« Die Schulschwester legte den Kopf auf die Seite und lächelte ihn mitleidig an. »Du darfst die kleinen Quälgeister nicht ständig anfassen, weiß du?«

Ich kannte niemanden, der Arthur hieß. Was für ein dämlicher Name, dachte ich, drehte mich um und schaute direkt in zwei stechende rote Augen.

»R-r-r-r-r-r-r-r«, war alles, was aus meiner Kehle kam. »R-r-r-r-r.«

»Rrrrrr? Was soll das heißen? Werd bloß nicht frech, Junge!«, bellte der Rektor.

»Rrrr«, knurrte ich. »Rrrr. R. R-r-rektor.«

Während ich weiter gurgelnde Laute krächzte, stand ich unbeweglich da wie eine bleiche, verwirrte Statue. Der Rektor warf mir einen seltsamen Blick zu.

Fast hätte ich ihm die Hand entgegengestreckt, doch glücklicherweise war mein Arm zu steif, um sich auch nur einen Zentimeter nach vorne zu bewegen.

Das hätte richtig in die Hose gehen können.

Wenn man den Rektor grüßt, sagt Kent, kann man auch gleich in ein Wespennest greifen.

Ich hab zwar noch nie in ein Wespennest gegriffen, aber Kent meinte, das käme echt aufs Gleiche raus.

Kents Hand, nachdem er in ein Wespennest gegriffen hat:

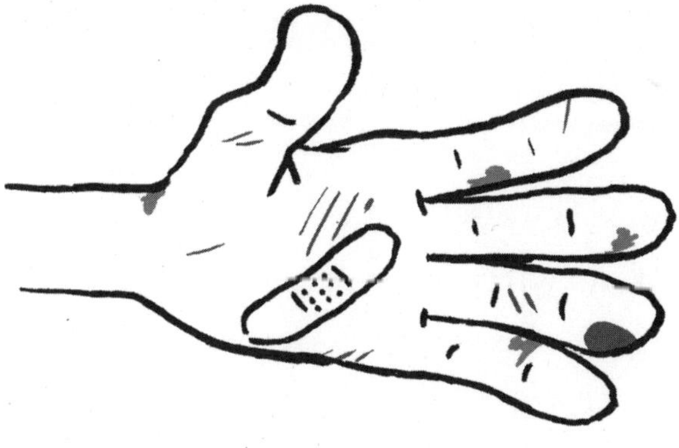

Kents Hand, nachdem er dem Rektor die Hand gegeben hat:

Der Rektor knurrte irritiert.

Ich glotzte auf seine mächtige Pranke, ehe er mich zur Seite schob, mit einem langen Schritt an mir vorbeiging und die Schulkrankenschwestertür hinter sich zuknallte.

Diese Hand hat viel Unheil angerichtet, dachte ich, während ich verwirrt über den Schulhof stolperte. Es gibt haufenweise tragische Geschichten von Erstklässlern, die dem Rektor am ersten Schultag die Hand gegeben haben.

Erster Schultag 1992. Ein kleines Mädchen macht sich vor Angst in die Hose.

Erster Schultag 1999. Ein Erstklässler fällt vor Schreck in Ohnmacht.

Erster Schultag 2001. Der Rektor stellt einen neuen Rekord im Hammerwerfen auf.

Erster Schultag 2007. Einer der Schüler wird einarmig.

Ich zitterte am ganzen Körper und taumelte wie ein betrunkener Seemann in die Klasse. Sank auf meinen Stuhl am Fenster und versuchte, einen klaren Gedanken zu fassen. Mein Kopf war voller Gedanken, fühlte sich aber trotzdem total leer an.

Was war das mit dem Rektor? Ich wusste nicht, dass er Arthur hieß. Und was machte er eigentlich bei der Schulkrankenschwester? Hatte sie wirklich »Quälgeister« gesagt? Meinte sie etwa uns?

# KAPITEL 7

Noch 2 Tage, 22 Stunden und 11 Minuten.

Ich saß im Klassenzimmer und stützte den Kopf in die Hände. An einem Finger hatte ich ein winziges Pflaster, das bald verschwunden sein würde. Ich war also KEIN BISSCHEN WEITERGEKOMMEN!

Mein Tod im Schwimmbecken rückte näher, und Kent war enttäuscht von mir.

»Warum bist du nicht gesprungen?«, fragte er. »Der Wind war perfekt, das Timing ideal! Es war ein genialer Plan!«

Manchmal verstehe ich nicht, warum Kent und ich Freunde sind. Er ist ein Draufgänger und so viel mutiger als ich. Er macht echt waghalsige Sachen. Bussurfen zum Beispiel.

Er traut sich, Erwachsene anzulügen.

Vielleicht kennt er keine Angst, weil er so viele Horrorfilme gesehen hat. Kent darf angucken, was er will. Seine Lieblingsfilme haben alle eine wahnsinnig hohe Altersgrenze.

DIE RACHE DES KNIESCHEIBEN-BRECHERS
AB 50+

SCHLEIMIGE
KILLER-SCHNECKEN
NUR FÜR RENTNER
SCHLEIMIGE KILLERSCHNECKEN

Kents Eltern sind geschieden. Er wohnt bei seinem Vater. Allerdings könnte er genauso gut alleine wohnen. Sein Vater ist ein stiller Typ, der die meiste Zeit auf dem Sofa verbringt.

Wenn er nicht gerade unterwegs oder »verreist« ist, wie Kent das nennt.

Manchmal gucken wir zusammen einen Film. Aber ich finde spritzendes Blut einfach nicht so toll wie Kent.

Ich muss zugeben, dass ich nur an den Rektor und den Schulschwimmtag dachte.

Ich spielte mit dem Gedanken, in Hollywood anzurufen und ihnen einen 1-A-SCHOCKER-FILMSTOFF anzubieten.

# KAPITEL 8

Nachdem alle Zombies das gegessen haben, was sie am liebsten mögen, fahren wir oft zu mir und essen, was wir am liebsten mögen. Am liebsten die Waffeln, die meine Mutter gebacken hat.

Kent liebt Mamas Waffeln. Einmal hat er dreizehn Stück verdrückt. Mama war so gerührt, dass sie Tränen in den Augen hatte. Kent hatte ebenfalls Tränen in den Augen.

Kent und ich saßen in meinem Zimmer, aßen Waffeln und studierten die Krankheitenliste. Wir mussten endlich mal was ausprobieren, das nichts mit gebrochenen Körperteilen zu tun hatte. Wo nichts knirscht, knackt und bricht und nachher in einen Gips gesteckt wird.

Von den Krankheiten auf der Liste hörte sich die ERKÄLTUNG am harmlosesten an.

Kent hatte natürlich die beste Idee. Seine Oma wohnt im Altersheim. »Alle, die da wohnen, sind entweder tot oder todkrank«, sagte er mit Begeisterung. »Da wimmelt es nur so von Viren und Bakterien. Also der perfekte Ort, um sich anzustecken. Auf geht's nach Röchelhausen!«, rief er und haute mir so hart auf die Schulter, dass ich fast einen Schlüsselbeinbruch erlitten hätte.

»Du brichst mir noch die Knochen«, stöhnte ich.

»Ich tue, was ich kann«, gab Kent fröhlich zurück.

Noch am selben Abend fuhren wir zum Sargnagel-Seniorenstift.

Kein Wunder, dass die Leute da drin so krank sind, denn in so einem traurigen Gebäude würde ich auch krank werden. Das ganze Haus sah aus wie eine riesige Bakterie.

Das Altersheim war von draußen und drinnen gleich traurig. Graue Wände, graue Decke, grauer Boden. Selbst die Menschen waren irgendwie grau. Als wären alle Farben verschwunden.

»Vielleicht wollen sie es für all die alten Leute gemütlich machen, die ohne Farbfernsehen aufgewachsen sind«, sagte Kent.

»Weiß du, wo deine Oma ist?«, fragte ich. Kent schüttelte den Kopf.

»Wie sieht sie denn aus?«

»Sie ist klein und hat weiße Haare. Ihr Körper ist gebogen wie eine Banane«, erklärte Kent. »Und ihr Gesicht ist so schrumpelig wie eine Rosine, nur größer.«

»Und wie heißt sie?«

»Äh … Oma?« Kent schaute mich fragend an.

»Sie heißt nicht Oma, sondern ist eine Oma.«

Vor uns stand eine Gruppe bananenförmiger Großmütter, die bestimmt alle Oma hießen.

Die richtige zu finden, war gar nicht so einfach. Und die Bananenform der alten Frauen machte es noch schwieriger. Wenn sie sich zusammenkrümmten und quasi in sich selbst versteckten, war es unmöglich, ihre Gesichter zu erkennen.

Mit der Zeit fanden wir heraus, dass wir ihnen einen kleinen Stoß geben mussten, damit sie über den Boden rollten und sich öffneten. Die meisten von ihnen freuten sich sogar über die Körperberührung und die Aufmerksamkeit von zwei jungen Männern.

Wir rollten gerade Großmutter Nummer 17 oder 18 über den Boden, als wir von einer knarzigen Stimme unterbrochen wurden.

»Ja Mausebär! Wie lieb von dir, deine alte Großmutter zu besuchen!« Eine bananenförmige Gestalt schwankte mit offenen Armen auf ihn zu. Kent stand kerzengerade da.

»Du erkennst doch wohl deine alte Großmutter. Komm her, Mausebär!«, krächzte sie, kniff Kent in die Wangen und schüttelte ihn, als wäre er ein Sparschwein, aus dem das Geld nicht herauswollte.

»Lass sofort meinen Jungen los, Grete!« Plötzlich wackelte eine zweite Großmutter heran, und die beiden stritten sich, wer denn nun Kents Oma war.

»Und ... wer ist es, Kent?«

»Keine Ahnung. Erst dachte ich, es wäre die erste, aber jetzt bin ich mir nicht mehr sicher.«

Wir fanden beide, dass es an der Zeit war, Abschied zu nehmen. Denn weder hatten wir die richtige Oma entdeckt noch das Bedürfnis, uns irgendwelche Krankheiten dieser bananenförmigen Alten einzufangen.

Wenn ich alt werde, will ich zu Hause alt werden, dachte ich. Kent meinte, dass er mal eine Pause von diesen Besuchen brauchte.

»Vielleicht war das gar nicht das richtige Altersheim«, sagte er leise.

# KAPITEL 9

Der Altenheimbesuch war total in die Hose gegangen. Aber wir gaben nicht auf. Wir waren weiterhin fest entschlossen, mir eine ERKÄLTUNG zu verpassen.

»Jetzt weiß ich den perfekten Ort«, sagte ich zu Kent. »Einen Kindergarten! Wir können den meiner kleinen Schwester besuchen. Alle Krankheiten beginnen im Kindergarten.

»Wo sind die kranken Kinder?«, brüllte Kent, als wir zur Kindergartentür hineinstürmten.

»Hier gibt's keine kranken Kinder. Wenn ein Kind krank ist, bleibt es zu Hause«, erklärte einer der Erwachsenen.

»Hä? Hier muss es doch wohl IRGENDWELCHE kranken Kinder geben. Mein Kumpel ist darauf angewiesen!«, rief Kent.

Die Erwachsenen schüttelten die Köpfe.

Wir gingen zu meiner kleinen Schwester, die an einem Tisch saß und malte.

»Hi, Siri. Sag mal, ist heute irgendjemand krank hier?« Siri zeigte kichernd auf einen Jungen, der in der Ecke saß und sich einen Popel in den Mund steckte.

Er hieß Magnus. Das stand jedenfalls auf dem angenähten Namensschild, das in seinem Nacken klebte.

Kent meinte, er sähe aus wie ein kranker Zombie.

Ich gab ihm recht, abgesehen davon, dass Zombies keine Micky-Maus-Pullover tragen.

»Huste mal den großen Jungen an!«, sagte Kent zu Zombie-Magnus und zeigte auf mich.

Zombie-Magnus sah Kent mit dem trägsten Blick der Welt an. Er schüttelte den Kopf.

»BITTE, ES IST WICHTIG!«, bat Kent.

Doch Zombie-Magnus schüttelte den Kopf und kniff seinen Zombiemund zusammen. So starrten wir uns eine Weile an. Alles, was man hörte, war das Schniefen seiner Zombienase.

»Es klappt nicht«, sagte ich.

Kent schaute mich an. »Okay, jetzt müssen wir clever sein. Was machen Kindergartenkinder denn den ganzen Tag? Die stecken sich alles in den Mund. Lecken an ihrem Spielzeug. Essen Sand. Da stecken bestimmt die Krankheiten drin.«

Wir gingen raus zum Sandkasten.

»Guck mal«, sagte Kent. »Hier gibt's viele Sachen, die sich Kinder in den Mund stecken.«

Kent klaubte einen dreckigen Schnuller aus dem Sandkasten. »Hey, lutsch da mal dran, Ruben!«

Plötzlich hielt ich einen Schnuller in der Hand. Das war vielleicht das Ekligste, das ich mir vorstellen konnte. An einem weggeworfenen Schnuller rumnuckeln? Echt jetzt, Kent?

Ich starrte angewidert auf den Schnuller, als wäre er ein Riesenlöffel Lebertran.

Als ich gerade die Augen zukniff und mir das Ekelding in den Mund steckte, gellte uns ein wilder Schrei in den Ohren.

Es dauerte nur eine halbe Sekunde, ehe die erste Erwachsene neben uns stand. Mir war die Sache so peinlich, dass ich am liebsten den Schnuller verschluckt hätte.

»Das darf ja wohl nicht wahr sein! Einem Kind den Schnuller stehlen! Verschwinde, sofort!«, schrie die Erzieherin.

Mit zitternden Händen gab ich ihr den Schnuller. Dann drehte ich mich um und rannte davon. Ich schwor mir, nie wieder einen Fuß in einen Kindergarten zu setzen.

# KAPITEL 10

Es war Abend. Ich lag auf dem Sofa und betrachtete unseren Hund Pluto, der auf dem Teppich lag und sich träge am Hintern leckte.

Er schaute zu mir auf und sagte: »KNRRRRR! AUUUTJSSSO HHAARK!«

Seit ein paar Tagen war Pluto heftig erkältet. Typisch. Er musste ja schließlich nicht krank werden. Er würde keinen Rektor retten müssen, und er würde auch nicht auf den kalten Kacheln eines mit Fußpilzwasser gefüllten Schwimmbeckens ersaufen.

Während ich seinem Husten lauschte, wurde mir schlagartig klar: Pluto ist die Rettung! Pluto kann mich anstecken!

Meine Lage war so verzweifelt, dass ich es sofort ausprobieren wollte.

Aber wie küsst man einen Hund?

Ich wollte schon im Internet nachsehen, ließ es aber bleiben. Da gab es zu viele Spinner, die bestimmt schon zu viele Hunde hier und dort geküsst hatten. So was musste ich jetzt nicht lesen. Ich wollte ja nur krank werden.

Okay. Pluto liebt Leberwurst, also machte ich etwas Seltsames. Ich schmierte mir Leberwurst ins Gesicht.

Ich rief Pluto. Und obwohl er krank war, ließ er sich eine leckere Leberwurstmahlzeit nicht entgehen.

Es war nass und eklig. Ich erstickte fast zwischen seinen Lefzen.

Danach fühlte ich mich leer und ausgelutscht. Ich lag wie ein toter Hering auf dem Sofa.

Mama kam rein.

»Ich glaube, Pluto hat mich angesteckt«, stöhnte ich.

»Du weißt doch, dass Menschen sich nicht bei Hunden anstecken können, Ruben. Bestimmt bist du nur müde. Ich mach dir mal ein Brot mit Leberwurst!«

Mama sah mich aufmunternd an.

Ich hatte mich noch nie so elend gefühlt, ohne krank zu sein.

# KAPITEL 11

Noch 23 Stunden und 2 Minuten, und noch immer war ich so putzmunter wie ein Fisch im Wasser.

Ich saß an meinem Platz im Klassenzimmer und starrte aus dem Fenster. Es regnete.

Auf dem Schulhof hatten sich kleine Pfützen gebildet, in denen Regenwürmer ihre letzten Zuckungen machten. Regenwürmer sind selten blöde Geschöpfe.

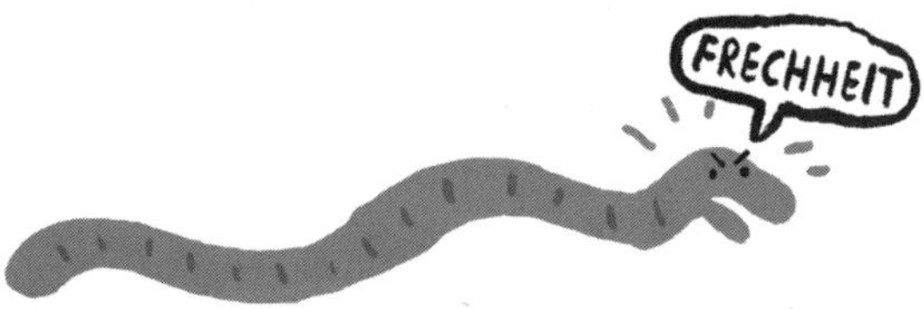


Warum kommen die überhaupt aus der Erde, wenn es regnet? Ich fühlte mich wie ein Regenwurm. Wie ein hirnloser, unnützer Regenwurm ohne Rückgrat.

»MUND HALTEN! GERADE SITZEN!«

Der Rektor stürmte in die Klasse. Er schnauzte uns sofort an, dass irgendjemand Tiere in die Schule mitgenommen hatte.

Alle wussten, dass das strengstens verboten ist.

Der Rektor hatte sogar mehrere Hinweisschilder in der Schule aufhängen lassen.

Plötzlich ging mir ein Licht auf. Natürlich! Warum hatte ich daran nicht gleich gedacht?

1. Der Rektor hatte Hamster-verboten-Schilder aufhängen lassen.
2. Weil der Rektor Hamster hasst.
3. Weil der Rektor gegen kleine Quälgeister allergisch ist, also gegen Hamster.
4. Deshalb hatte er bei der Schulkrankenschwester auch so rote Augen gehabt!

Fast wäre ich aufgesprungen und hätte meine Entdeckung in die Welt hinausgeschrien.

Aber ich schaffte es, sie bis zur nächsten Pause für mich zu behalten.

»Was guckst du denn so?«, fragte Kent.

»Arthur verträgt keine Hamster!«

Kent sah mich verständnislos an. »Was redest du da, Ruben?«

Ich berichtete von der Episode bei der Schulkrankenschwester und zählte zwei und zwei zusammen.

»Ich glaub's einfach nicht!«, rief Kent aus. »Kapituliert der ausgerechnet vor kleinen süßen Hamstern.« Kent guckte in die Luft. »Sicher, dass du richtig gehört hast? Wenn du nämlich einen Dachschaden hast, dann kriegst du ein Attest und darfst zum Psychologen, Ruben. Und wenn der dich in die Klapsmühle steckt, kommst du auf jeden Fall um den Schwimmtag herum.«

»Ich meine es ernst, Kent. Der Rektor hat eine Hamsterallergie. Jetzt müssen wir nur noch eins tun. Wir müssen ihm am Schwimmtag ein HAMSTERGESCHENK machen!«

Kent fuchtelte grinsend mit den Armen.

»Okay, okay. Aber wo sollen wir auf die Schnelle ein paar Hamster hernehmen?«

Wir sahen uns an und wussten beide, dass es nur eine Lösung gab:

Ich musste nach Hause und die Hamster von meiner Schwester entführen.

Direkt nach der Schule fuhren wir zu mir.

Wir schlichen uns in ihr Zimmer.

Die beiden Hamster, die Pipsi und Fipsi hießen, hatten je ein eigenes Hamsterrad, in dem sie trainierten, als wollten sie an den Olympischen Hamsterspielen teilnehmen.

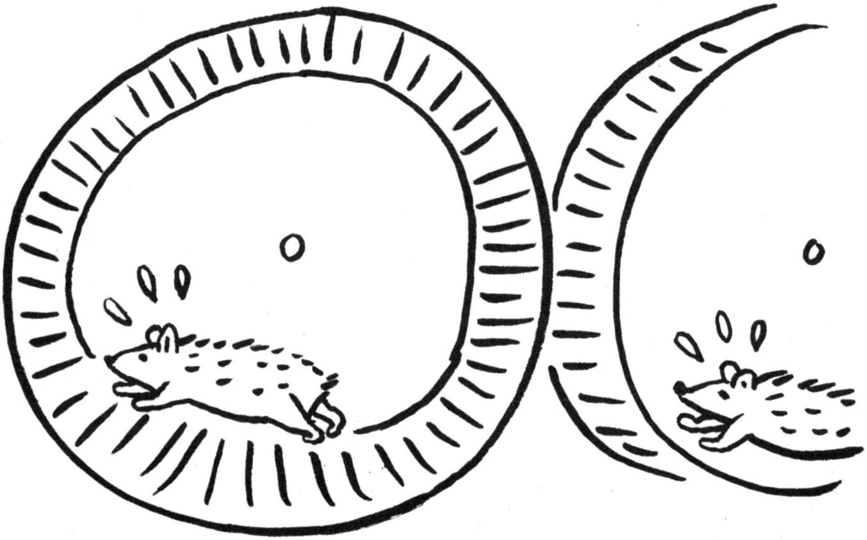

Es dauerte ewig, bis Siri einschlief.

Erst nach vierzehn Klobesuchen und zwölf Wiederholungen desselben Gutenachtlieds hörten wir ihr Schnarchen durch die Wand.

Die beiden Hamster hatten nichts dagegen, entführt zu werden.

»Die freuen sich bestimmt, mal aus ihren idiotischen Hamsterrädern rauszukommen«, sagte Kent.

»Ich fürchte, ihre Besitzerin dreht total durch, wenn sie mitten in der Nacht aufwacht«, entgegnete ich. Dann schrieb ich einen Zettel, den wir in den leeren Käfig legten.

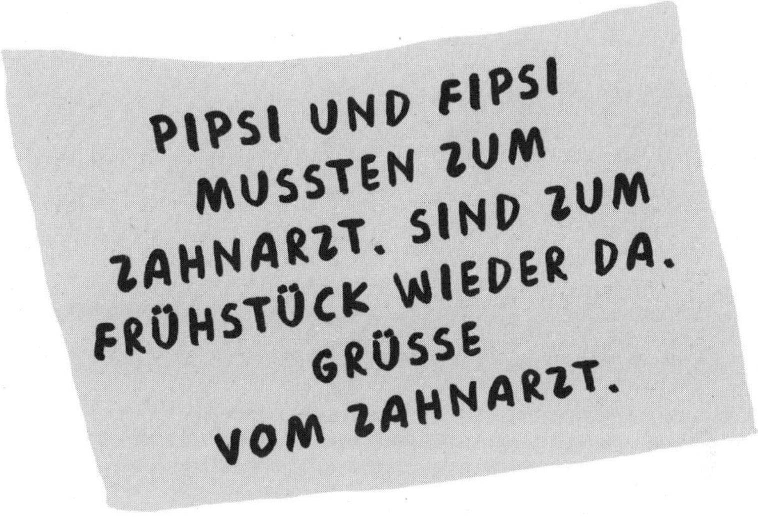

# KAPITEL 12

Noch 12 Stunden. Und 4 Minuten.

Vielleicht der letzte Abend meines Lebens. Wir waren allein in der Schule. Das heißt, nicht ganz allein. In den Taschen hatte ich zwei sehr lebendige Rektorbomben.

Die Schwimmhalle befindet sich im selben Gebäude wie unser Klassenzimmer. Wir hatten das Fenster vorhin nur angelehnt, sodass wir unbemerkt in die Umkleidekabine schlüpfen konnten.

»Komisch, dass die hier keine Alarmanlage oder so haben«, sagte ich.

»Ist doch kein Wunder. Wer bricht denn schon in eine Schule ein?«, fragte Kent. »Die meisten denken doch ständig daran, wie sie hier rauskommen.«

Ich gab ihm recht. An unserer Schule hatte es schon mehrere verzweifelte Fluchtversuche gegeben.

ERIK VERSUCHTE,
MIT EINEM LINEAL
DIE WAND
AUFZUBRECHEN.

MIA WOLLTE SICH
SELBST DURCHS KLO
SPÜLEN.

ROLF
WOLLTE SICH
WEGRADIEREN.

Wir öffneten die Tür. Der Rektor hatte seine eigene kleine Garderobe. Er ist ja immerhin Rektor. Ein Rektor zieht sich doch nicht zusammen mit anderen Leuten um.

»Los geht's!« Jetzt mussten wir überall so viele Hamsterhaare wie möglich hinterlassen. Ich nahm Pipsi, Kent nahm Fipsi, und dann schrubbten wir mit ihnen alles ab, was uns in den Weg kam.

Wir rieben ihr Hamsterfell an allen Klamotten und Klopapierrollen, an Handtüchern, Schranktüren und Wänden.

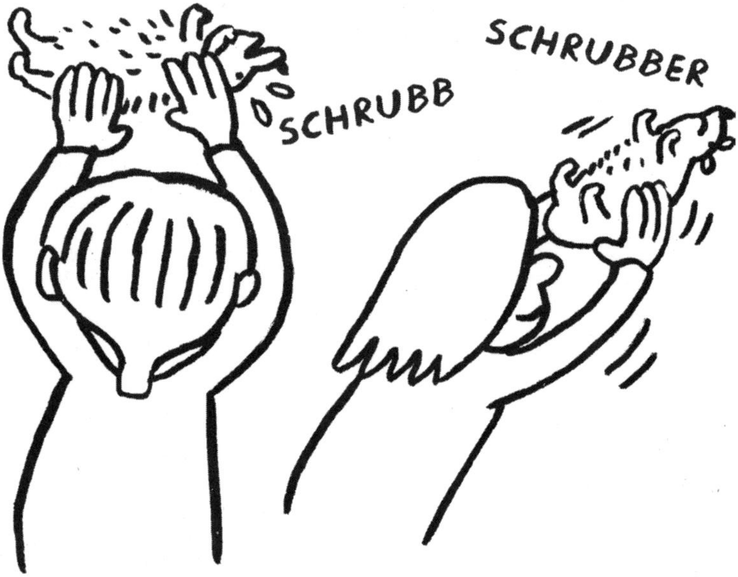

Pipsi und Fipsi schienen von dieser Hamstermassage allerdings nicht sonderlich begeistert zu sein.

Nachdem die ganze Rektorgarderobe mit Haaren und Hamsterpartikeln verseucht war, schlossen wir die Tür hinter uns und schlichen im Schutz der Dunkelheit nach Hause. Der Vollmond stand dick und rund am Himmel und dachte sich vermutlich, dass Menschen seltsame Dinge tun.

»Der Vollmond macht die Leute verrückt«, sagte Kent.

»Sieht man ja an uns. Verrückter geht's echt nicht.« Ich lachte nervös.

Morgen war der Tag der Entscheidung.

An diesem Abend legte ich mich mit gemischten Gefühlen ins Bett.

Okay. Wir hatten unseren Plan ausgeführt. Aber wie genau der Rektor auf all die Hamsterhaare reagieren würde, wussten wir nicht. Wie allergisch war er eigentlich?

# KAPITEL 13

Noch 0 Tage!!!!!!!!!!!

Mama kam wie üblich ins Zimmer, um mich zu wecken. Dabei ist es total sinnlos, jemand zu wecken, der schon ewig wach ist. Ich hatte die ganze Nacht mit großen Augen an die Decke gestarrt wie ein schlafloser Hering.

»Hast du deine Badesachen gepackt? Und pass auf, dass du nicht frierst, Ruben. Nimm ein extra Handtuch mit. Und vergiss das Shampoo nicht … und die Hautcreme. Und trockne dich gut zwischen den Zehen ab …« Ich hab keine Ahnung, was sie noch alles gesagt hat.

Dafür weiß ich noch, wie uns der Direktor an der Schulpforte begrüßte. Er war natürlich groß in Form. War ja auch sein großer Tag. Schulschwimmtag. Der Tag, an dem sich alle Aufmerksamkeit auf die beiden wichtigsten Dinge in seinem Leben richteten: aufs Schwimmen und auf ihn selbst.

Der Rektor hielt eine kurze Rede.

Danach marschierten wir alle in die Umkleidekabinen. Ich wusste nicht, ob es der Weg zum Schafott war oder ob man mich begnadigen würde.

Kent und ich zogen uns so schnell wie möglich um und stellten uns in der Schwimmhalle an die lange Wand. Dort warteten wir gespannt.

Die Halle füllte sich allmählich mit brabbelnden Kinderstimmen, als das eine oder andere geschah. Okay, es war mehr das eine.

Und zwar ein tierisches Brüllen. Ein Brüllen mit ganz vielen Vokalen: »AAAAAAAAUUUUUUU-UUIIIIIIIIIII!«

Und das Brüllen kam nicht alleine. Es wurde vom Rektor begleitet, der mitsamt seiner Unterhose durch die Luft flog. Er rieb sich wie wild die Augen und brüllte immer weiter.

Alle verfolgten gebannt diesen spektakulären Auftritt. Jetzt hüpfte der Rektor von einem Bein aufs andere, wobei er dem Beckenrand immer näher kam. Auf einmal verlor er das Gleichgewicht und kippte nach vorne. Es war wie in einem Zeichentrickfilm, wo eine der Figuren plötzlich in den Abgrund stürzt, ohne es gleich zu merken. So blieb der Rektor für einen Augenblick in der Luft hängen.

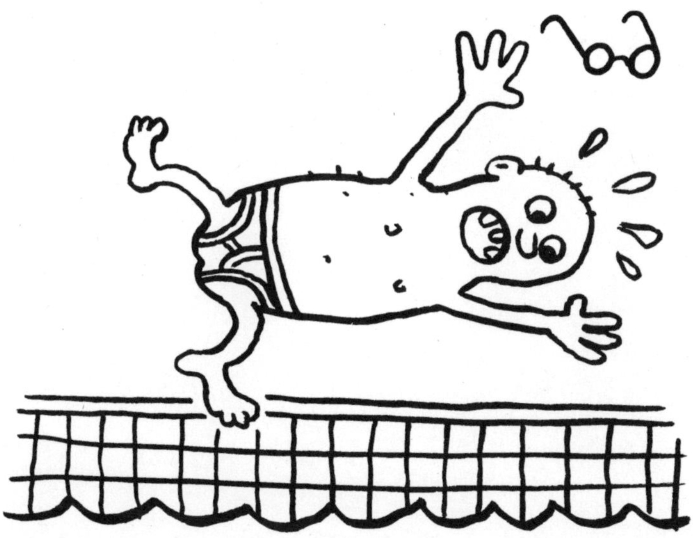

Aber es war kein Zeichentrickfilm. Das hier war die Realität. Deshalb machte der Rektor auch einen klassischen Bauchklatscher. Er strampelte mit den Beinen und brüllte noch lauter, falls das möglich war, während er sich intensiv seine Augen rieb, die nicht mehr wie Augen aussahen.

Ich schaute Kent an, der mit dem breitesten Grinsen, das ich je gesehen habe, zurückschaute. Ein Grinsen, das sich von den Mundwinkeln bis hinter die Ohren zog und sich mehrmals um den Kopf wickelte.

Ich grinste nicht. Ich dachte an die Zeitungsüberschriften von morgen.

Der Rektor war offensichtlich ohnmächtig und auf dem Weg zum Beckengrund. Wenn er dort blieb, würde er ertrinken, das war mir klar.

Die anderen Schüler hatten sich am Beckenrand versammelt. Jetzt beobachteten sie mit offenen Mündern, wie ich, Ruben Berg, in dasselbe Wasser sprang, in das der Rektor vor wenigen Sekunden gefallen war.

JA, ich bin wirklich reingesprungen. Fragt mich nicht, warum.

Als ich auf die Wasseroberfläche klatschte, verschwanden alle Geräusche. Mein Körper sank dem Rektor wie ein Ziegelstein entgegen.

Im nächsten Moment lagen zwei Menschen nebeneinander auf dem Boden eines Schulschwimmbeckens.

Zwei panische Krabben. Eine mit Warzen, eine ohne. Die kleine Krabbe sah die große an und wusste, dass dies kein guter Ort war.

Mit Kräften, von denen ich nichts geahnt hatte, nahm ich den Rektor in einen soliden Rettungsgriff und stieß mich energisch vom Boden ab.

Chaos, Wasser und Luftblasen, so weit das Auge reichte. Ich weiß nicht genau, was dann passierte. Doch plötzlich atmete ich Luft statt Wasser. Jemand packte mich und zog mich aus dem Becken. Der

Rektor landete neben mir. Ich starrte ihn an. Aber er starrte nicht zurück.

Er war nicht ganz er selbst. Sein Gesicht war aufgedunsen und verquollen. Außerdem spuckte er Wasser wie eine Fontäne.

Dann drehte ich mich auf den Rücken und machte es ihm nach.

Es dauerte nicht lange, bis die anderen Lehrer kamen. Die Schulschwester legte mir eine Decke um die Schultern und begleitete mich zum Krankenwagen, der auf den Schulhof bretterte.

Zwei Männer in weißen Kitteln kamen mit einer Trage angelaufen.

Kurz darauf brachten sie die Trage zurück, auf der jetzt der aufgedunsene Warzenrektor lag.

Keiner der Schüler sprach ein Wort. Selbst Kent, die Quasselstrippe, hielt die Klappe.

Ich hatte es geschafft. Wir hatten den Schulschwimmtag verhindert. Eigentlich sollten wir feiern und tanzen. Aber mir war jetzt nicht nach Tanzen. Ich lag im Büro der Schulschwester und dachte: Was habe ich bloß getan?

Die Schulschwester war jedenfalls stolz auf mich. Nannte mich den Rektorretter. Und bald war der Raum voller Erwachsener, die mich als Held des Tages bezeichneten. Alle gratulierten mir, und schließlich kam meine Mama und drückte mich so fest an sich, dass ich fast erstickt wäre.

Die nächsten Tage waren sehr schön. Der Rektor war für lange Zeit krankgeschrieben, und ich begann, wieder optimistisch in die Zukunft zu blicken.

Doch heute lag plötzlich ein Umschlag im Briefkasten.

In dem Umschlag war ein Schreiben:

> Lieber Ruben Berg,
> du hast großen Mut bewiesen und deinen Rektor vor dem Ertrinken gerettet.
> Du bist ein Vorbild für Kinder und Erwachsene in jedem Alter.
> Darum ist es uns eine große Freude, dich zum internationalen Lebensrettertreffen einzuladen, das nächsten Monat in Hamar stattfindet.

Dort kannst du uns in einer vollen Schwimmhalle deine beeindruckenden Lebensretterqualitäten demonstrieren! Wir freuen uns auf dich!

Mit freundlichen Grüßen
Norwegische
Lebensrettungsgesellschaft

PS: Wir haben veranlasst, dass du nicht alleine reisen musst. Dein Rektor ist wieder gesund und wird dir auf der Reise Gesellschaft leisten!

## FERIENSPASS? VON WEGEN ...

Lies alles über Rubens und Kents Horrortrip im nächsten Band der beiden Freunde!

**DIE SCHRECKLICHSTEN FERIEN ÜBERHAUPT**

Foto: Flu Hartberg

MARIUS HORN MOLAUG KRISTOFFER KJØLBERG

DER AUTOR MARIUS HORN MOLAUG
WURDE 1976 GEBOREN.
ER ARBEITET ALS REDAKTEUR FÜR DIE
NORWEGISCHE DONALD-DUCK-AUSGABE,
UND GENAU WIE DER ILLUSTRATOR
KRISTOFFER KJØLBERG, GEBOREN 1980,
IST ER MITGLIED DER KÜNSTLERGRUPPE
DONGERY.

Lust auf noch mehr Spaß?

OSKAR

Alles Banane!

# Kapitel 1

Als Oskar aufwachte und feststellte, dass er *drauf und dran war,* in den Kleiderschrank von seinem Dad zu pinkeln, ahnte er es bereits: Es würde einer von *diesen* Tagen werden.

»Hey! Stopp, Oskar!«, **kreischte** sein Dad, der mit einem Mal senkrecht im Bett saß und seine Nachttischlampe anknipste.

»**Hä? Was?**«, nuschelte Oskar völlig verschlafen.

»Was genau hast du da grade vor?«

»Mal kurz pinkeln«, erwiderte Oskar, so als wäre das die allerdämlichste Frage in der Geschichte der dämlichen Fragen.

»Aber ganz sicher nicht in meinen Kleiderschrank!«, sagte Oskars Dad.

»Der ist von Ikea«, fügte Oskars Mum hinzu, als wäre es irgendwie in Ordnung, in einen Nicht-Ikea-Schrank zu pinkeln.

Oskar war verwirrt. Das Letzte, woran er sich erinnerte, war, dass er ganz kurz davor gestanden hatte, der jüngste **Mountainbike-Weltmeister** aller Zeiten zu werden. Dann aber hatte er mächtig in die Bremsen greifen müssen, um nicht **voll** gegen einen Baum zu donnern. Und jetzt war er plötzlich hier und musste in eine komplett andere Sorte Bremsen greifen, um eine komplett andere Sorte Unfall zu vermeiden.

**Was war hier los?** Und wieso schliefen seine Eltern überhaupt im Bad?

»Klo ist umgezogen«, brummte Oskar und hopste von einem Bein aufs andere, was das soziale Umfeld problemlos akzeptierte, solange man drei war, aber garantiert nicht mehr, wenn man fast dreizehn war.

»**Was?**«, fragte Oskars Dad.

»Klo ist umgezogen«, sagte Oskar ein bisschen lauter.

Aber Oskars Dad hatte durchaus gehört, was Oskar gesagt hatte. Er konnte es bloß nicht ganz glauben.

»Nein, Oskar. Nicht das Klo ist umgezogen! *Wir* sind umgezogen!«

»Ganz vergessen«, antwortete Oskar.

Oskars Dad musterte seinen Ältesten. »Meinst du das ernst?«

»Japp«, sagte Oskar, so als wäre das die zweit-dämlichste Frage in der Geschichte der dämlichen Fragen.

»Du hast vergessen, dass wir in ein anderes Haus gezogen sind?«

»Japp«, sagte Oskar.

»Wie kannst du vergessen, dass wir in ein anderes Haus gezogen sind?«, fragte Oskars Dad zusehends entgeistert.

»Einfach so«, zuckte Oskar die Schultern, zusehends kurz davor, sich nass zu machen.

»Aber wir sind schon vor drei Monaten umgezogen, Oskar!«, rief Oskars Dad.

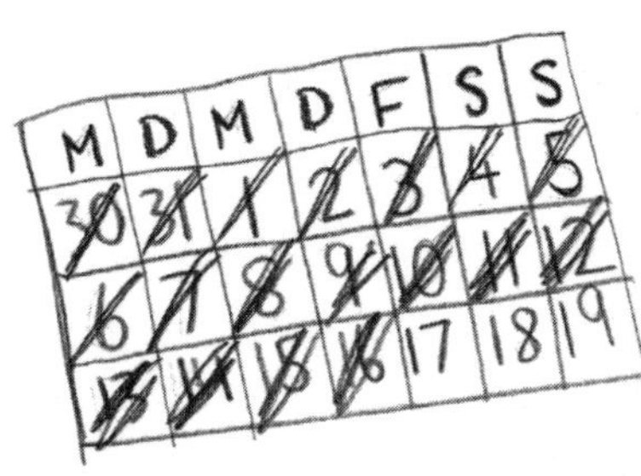

»Vor drei Monaten, zwei Wochen und fünf Tagen, um genau zu sein«, sagte

Oskars Mum und musste darüber offenbar nicht mal nachdenken.

Oskars Dad seufzte erschöpft und sah auf seine Uhr. Es war zwei Uhr morgens.

»Hör zu, Oskar. Du kannst nicht einfach durch die Gegend tigern und in anderer Leute Schränke pinkeln, PUNKT, FERTIG, AUS!«

»Hab ich doch gar nicht«, erwiderte Oskar.

»Nein, aber du warst kurz davor!«

Da hatte Oskars Dad recht. Oskar war tatsächlich *kurz davor* gewesen, in den Schrank zu pinkeln, aber er hatte sich gerade noch rechtzeitig zurückhalten können.

Typisch, dachte Oskar. Da wurde er wegen einer Sache angemosert, die er gar nicht getan hatte.

Oskar überlegte kurz, ob es sich lohnte, deswegen Streit anzufangen, aber

inzwischen fühlte seine Blase sich an wie ein prallvoller Hüpfball. Wenn er nicht bald pinkelte, würde er platzen. Und dann säße er erst recht in der Patsche!

»Na los. Schieb ab«, sagte Oskars Dad.

Das ließ Oskar sich nicht zweimal sagen und watschelte wie ein schwangerer Pinguin Richtung Tür.

»Ach, und Oskar?«

»Ja?«, keuchte Oskar, ohne stehen zu bleiben.

»Das Klo ist am Ende des Flurs. Kannst es gar nicht verfehlen.«

Oskar gab keine Antwort. So viel war klar: Wenn er es nicht in spätestens zehn Sekunden auf dieses Klo schaffte, standen die Chancen ziemlich gut, dass er es doch verfehlen würde.

Leseprobe aus: Oskar, Alles Banane

Das Leben ist so was von unfair zu Oskar! Ständig soll er im Haushalt helfen und wird für die blöden Einfälle seiner kleinen Brüder verantwortlich gemacht. Dabei will Oskar eigentlich nur eins: Weltmeister im Mountainbiking werden und seine Ruhe haben. Zu dumm nur, dass seine Eltern ihm die nicht gönnen und auch noch auf die Idee gekommen sind, umzuziehen ...

**Band 1: Alles Banane!**
ISBN 978-3-505-13440-1

Familienbesuch – das hat Oskar gerade noch gefehlt! Jetzt muss er sogar extra sein Zimmer lüften, nur weil Mama meint, es stinkt. Und als wäre das noch nicht schlimm genug, wird auch noch sein schlimmster Albtraum wahr: Ein mega-oberpeinliches Foto von Oskar taucht im Internet auf. Eine chaotische Woche nimmt ihren Lauf ...

**Band 2: Vorsicht, klebrig!**
ISBN 978-3-505-13475-3

Kinder lieben Schneiderbücher!

www.schneiderbuch.de

**Band 4:**
**Ich bin so was von genial (aber keiner merkt's)**
336 Seiten, gebunden
ISBN 978-3-505-13153-0

**Band 5:**
**Ich hab für alles eine Lösung – aber sie passt nie zum Problem**
284 Seiten, gebunden
ISBN 978-3-505-13262-9

**Band 6: Jetzt gibt's was auf die Mütze (aber echt!)**
252 Seiten, gebunden
ISBN 978-3-505-13369-5

**Band 7: Schwein gehabt (und zwar saumäßig)**
288 Seiten, gebunden
ISBN 978-3-505-13640-5

**Band 8: Bitte nicht stören, Genie bei der Arbeit ...**
ISBN 978-3-505-13721-1

---

Liz Pichon
**Tom Gates**
Band 1: € 8,99 [D]
Band 2-8: € 9,99 [D]

Schneiderbuch
EGMONT

Tommy Krappweis
**Ghostsitter**
**Band 1: Geister geerbt**
256 Seiten, gebunden
€ 9,99 [D]
ISBN 978-3-505-13757-0

**Geister außer Rand und Band**

Krass! Tom hat eine Geisterbahn mit quicklebendigen Geistern geerbt! Und die im Zaum und geheim zu halten, ist gar nicht so einfach: Vampir Vlarad mutiert dummerweise bei Blutkonsum zum jeweiligen Spenderwesen, meistens zu Meerschweinchen. Mit Zombie Wombie ist nicht zu spaßen, wenn man seinem Plüschhäschen zu nahe kommt, und Hop-Tep, die Mumie, hat ein heißblütiges Temperament. Und dann wären da noch Werwolf Welf, dem man bei Vollmond besser nicht begegnet, und Gespenstermädchen Mimi. Bei dieser geisterhaften Chaostruppe ist echt ein Profi gefragt! Toi, toi, toi, Tom!

Kinder lieben Schneiderbücher!

www.schneiderbuch.de

Schneiderbuch
EGMONT